DISCOURS

PRONONCÉ A L'OUVERTURE

DU

COURS DE JAPONAIS

à l'École impériale et spéciale des langues orientales

PAR

LÉON DE ROSNY.

PARIS

MAISONNEUVE ET Cⁱᵉ, LIBRAIRES-ÉDITEURS

15, QUAI VOLTAIRE, 15.

1863

DISCOURS

PRONONCÉ A L'OUVERTURE

DU

COURS DE JAPONAIS

1863

Sèvres. — Imprimerie Lefèvre, Grande-Rue, 70.

DISCOURS

PRONONCÉ A L'OUVERTURE

DU

COURS DE JAPONAIS

à l'École impériale et spéciale des langues orientales

PAR

LÉON DE ROSNY.

PARIS

MAISONNEUVE ET C⁰, LIBRAIRES-ÉDITEURS,

15, QUAI VOLTAIRE, 15.

1863

École impériale et spéciale des langues orientales vivantes,
Près la Bibliothèque impériale.

DISCOURS

PRONONCÉ A L'OUVERTURE

DU

COURS DE JAPONAIS

Le 5 mai 1863.

MESSIEURS,

Avant d'aborder l'étude de la langue écrite et parlée des Japonais, étude à laquelle ce cours doit être exclusivement consacré, j'ai pensé que vous me permettriez de vous exposer en peu de mots les circonstances qui ont fait établir en France ce nouvel enseignement, et l'intérêt qu'il peut offrir pour les sciences, la littérature, l'industrie et le développement de nos relations politiques et commerciales.

La langue japonaise, que grâce à la bienveillance de S. Exc. le Ministre de l'Instruction publique et des Cultes je suis appelé à enseigner dans cette chaire, compte à la fois parmi les langues les plus intéressantes et les plus difficiles du monde asiatique. Seule aussi, de toutes celles qui ont produit une littérature d'une valeur réelle, elle est restée à peu de choses près, jusque dans ces derniers temps, une *terra incognita* dans le vaste domaine de la philologie moderne.

Entre diverses causes auxquelles on peut attribuer le peu de progrès qu'ont fait pendant plus d'un siècle les études japonaises en Europe, il faut surtout mentionner les obstacles que présentait aux orientalistes l'écriture employée par les insulaires du Nippon. Cette écriture, mal arrêtée, cursive jusqu'à l'impossible, composée de plusieurs systèmes de signes sans cesse confondus, infiniment plus compliquée et plus indécise qu'aucune autre écriture connue, semblait inextricable aux travailleurs les plus zélés, et il n'y avait pas jusqu'aux apôtres de la foi chrétienne qui ne s'en plaignissent amèrement. Aussi, tous les missionnaires qui ont écrit sur la langue japonaise se sont-ils abstenus de traiter de ses alphabets, et pour expliquer ce silence, l'un d'eux, le père Oyanguren de Santa-Inès, a-t-il déclaré qu'il voyait dans leurs signes « une œuvre du démon imaginée pour augmenter les peines des ministres du saint Evangile [1]. »

L'emploi d'une telle écriture ne pouvait encourager à l'étude d'un idiome qu'un autre missionnaire, le P. Maffeï [2], avait signalé comme présentant une complexité peu commune : langage différent dans la

---

[1] ..... « Conciliabulo de los Demonios para dar mayor molestia a los Ministros del santo Evangelio. »

[2] Ce missionnaire vivait dans la seconde moitié du XVIe siècle.

pratique quotidienne et dans la littérature ; différent dans le style épistolaire et dans le style des livres ; différent suivant le rang de la personne qui parle, et différent encore suivant le rang, la qualité de la personne à qui l'on parle ; différent chez les nobles, chez les bourgeois et dans le bas peuple ; différent chez les prêtres et chez les laïques ; différent chez les hommes et chez les femmes ; bref, un langage infernal dont on ne pouvait trouver l'analogue qu'en se reportant à l'époque de la tour de Babel !

Puis on manquait d'instruments d'étude. Les successeurs de saint François-Xavier avaient bien fait paraître, il est vrai, quelques grammaires et quelques vocabulaires ; mais ces ouvrages, qui suffisaient sans doute aux missionnaires, ne répondaient en aucune façon aux besoins des orientalistes européens ; les uns parce qu'ils étaient rédigés spécialement pour l'usage des indigènes, les autres parce qu'ils étaient imprimés sans caractères originaux et composés suivant une méthode le plus souvent défectueuse. Le Dictionnaire latin-japonais, publié à Amakousa, notamment, au lieu de donner une traduction nette et précise des mots qu'on y cherche, leur substitue trop souvent des définitions ou des locutions aussi vagues qu'embarrassantes pour les étudiants.

Quant à l'emploi des lettres latines pour transcrire les mots indigènes, il est aisé de voir combien il est insuffisant si l'on songe que les Japonais font usage de signes qui rappellent à l'esprit des objets ou des idées, mais non des sons. Dans les cas où il se présente des homophones — et ils sont nombreux — les textes japonais transcrits en lettres latines sont tout à fait inintelligibles. Pour ne citer qu'un exemple, les mots *I-wo mirou*, ainsi notés, laissent dans le doute si l'on a voulu dire : « je vois un médecin », ou « je vois un porc », ou « je vois un sauvage », ou « je vois un puits », etc. En caractères indigènes, au contraire, on reconnaîtra instantanément si on a vu un médecin, un porc, un sauvage, un puits, ou tout autre chose [1]. Enfin dans les vocabulaires en question, on regrette la prolixité des explications qui, au lieu d'éclairer le lecteur, ne servent qu'à embrouiller ses idées.

On le comprend facilement : ainsi composés, les ouvrages de ces zélés missionnaires ne furent que d'un très-médiocre secours pour l'intelligence des livres, et aucun orientaliste du commencement de ce siècle ne put y recourir pour la traduction du moindre texte japonais. En outre, les événements qui avaient fermé aux Européens les portes du Japon contribuaient à rendre tellement rares ces ouvrages des jésuites espagnols et portugais, que quelques exemplaires seulement parvinrent en Europe où, loin de tomber entre les mains de ceux-là même qui eussent pu les utiliser, ils furent vendus, moyennant des prix extravagants, à de riches amateurs qui les placèrent pompeusement dans les rayons peu accessibles de leur bibliothèque. Sous le marteau d'un commissaire-priseur, un vocabulaire expliqué en portugais fut ainsi adjugé au prix de 639 fr. à la vente

---

[1] Pour plus de détails, voy. mon *Rapport à S. Exc. le ministre d'État sur la composition d'un Dictionnaire japonais-français-anglais*. Paris, 1862 ; in 8°, et le *Journal asiatique*, 5e sér., t. XX p. 272.

de Langlès, et la grammaire rédigée en espagnol par le père Rodriguez au prix de 1,050 fr., non compris les frais, dans une vente qui a eu lieu tout récemment en Belgique [1].

A part ce petit nombre de livres composés par les pères de la Compagnie de Jésus, livres qui n'ont plus guère aujourd'hui qu'un intérêt bibliographique, on manquait des grands lexiques indigènes, lorsque Klaproth et Abel-Rémusat essayèrent à leur tour d'introduire en Europe l'étude de la langue japonaise. Leur première idée, pour atteindre ce but, fut de provoquer la publication de l'abrégé de la grammaire du père Rodriguez qui se trouve en manuscrit à la Bibliothèque impériale de Paris. Ce manuscrit, traduit du portugais, parut en 1825 aux frais et sous les auspices de la Société asiatique. Dans un avant-propos, l'éditeur annonçait qu'il s'était proposé de mettre entre les mains des orientalistes une œuvre d'une simplicité encourageante et « sur l'exactitude de laquelle les étudiants pussent compter. »

L'expérience a établi ce qu'il fallait penser de cette déclaration et dans quelle mesure servirait aux progrès de la linguistique cet ouvrage patroné par Abel-Rémusat. Dans l'examen qu'il en fit, un an après son apparition, Guillaume de Humboldt signala certaines singularités qui choquaient son sentiment philologique. Il s'étonnait, avec raison, qu'une langue possédât des pronoms de la première personne parfaitement semblables à ceux de la seconde,

---

[1] *Bibliothèque van Alstein*, vendue à Gand; n° 2818 du catalogue.

et des pronoms de la troisième semblables à ceux de la deuxième sans l'être des pronoms de la première ; une particule du génitif qui servait également au nominatif ; des radicaux ne signifiant rien ; des conjugaisons d'une longueur effrayante, des formes infinies et « tout un étalage de modes, de gérondifs, de suffixes et de particules que l'on trouve dans les grammaires des pères Rodriguèz et Oyanguren, mais qui disparaîtraient devant une méthode adaptée au vrai génie de la langue », etc., etc. Aussi, malgré de louables efforts, les tentatives de Klaproth et d'Abel-Rémusat échouèrent-elles à peu près complètement, et on dut renoncer à une étude qui, faute de secours suffisants, était encore prématurée.

Seuls, les Hollandais, grâce au comptoir qu'ils avaient été autorisés à établir successivement à Fira-to et à Dé-sima, pouvaient obtenir, dans le contact des indigènes, les moyens de lever les obstacles qui arrêtaient les orientalistes européens [1]. Engelbert Kæmpfer et Thunberg recueillirent bien quelques intéressantes données linguistiques durant leur voyage de Nagasaki à Yédo, mais ces données étaient pour la plupart fort imparfaites et toujours insuffisantes pour servir à l'interprétation des textes. Isaac Titsingh, moins érudit que ces deux célèbres voyageurs, eut toutefois l'heureuse idée de profiter de son séjour au Japon pour obtenir des interprètes indigè-

---

[1] Plusieurs voyageurs hollandais, dit Landresse, ont passé pour être en état de lire des livres japonais ; mais l'intelligence qu'ils avaient acquise n'allait pas jusqu'à pouvoir se passer des interprètes de Nagasaki.

nés la traduction de plusieurs ouvrages originaux, notamment des *Annales des empereurs* et de la *Description des trois royaumes*. Ces traductions parvinrent entre les mains de Klaproth, qui les présenta au public comme spécimens de la littérature japonaise. Les deux ouvrages étaient malheureusement d'une rédaction assez sèche, et la version française, surchargée de grands mots étrangers, n'était pas souvent d'une lecture facile et agréable. Ils furent cependant accueillis des savants; et, encore aujourd'hui, malgré les nombreux contre-sens qu'on y découvre, on aime en les parcourant à louer le talent de l'éditeur qui sut si souvent devancer avec succès la marche parfois lente, mais toujours utile et progressive, des études asiatiques.

Toutefois le génie de la langue japonaise était encore méconnu, et sa littérature se présentait aux orientalistes comme un sphynx aux nombreuses et décevantes énigmes. Le mémorable voyage de M. de Siebold fut, en 1830, le signal d'une ère nouvelle. Non-seulement cet illustre voyageur réunit une foule de fait précis sur tout ce qui concernait le pays qu'il s'était donné la mission d'explorer, mais encore il forma une riche collection de livres qui permit enfin d'étudier sérieusement une langue demeurée lettre morte malgré tous les talents et tous les efforts.

D'abord exploitée avec succès pour la composition de sa grande et précieuse collection de documents intitulée *Nippon* [1], collection

---

[1] Nippon, *Archiv zur Beschreibung von Japan*, in-folio.

malheureusement inachevée, la bibliothèque japonaise de M. de Siebold permit à M. Hoffmann, aujourd'hui professeur à Leide, de lever
les obstacles qui avaient arrêté Klaproth, Abel-Rémusat et plusieurs
autres orientalistes distingués. En même temps un savant autrichien,
M. Auguste Pfizmaier, entreprenait, avec une partie de ces mêmes
ressources, l'interprétation de plusieurs textes de la Bibliothèque
impériale et royale de Vienne, et offrait aux amateurs agréable-
ment surpris le texte imprimé en types mobiles et la première traduction d'une nouvelle composée à Yédo, par Rioutéï-Tanéhiko, fameux
romancier de cette capitale.

Ces premiers succès étaient encourageants pour l'avenir. Il fallait
toutefois, pour que la philologie japonaise prit définitivement son
essor, pour qu'elle augmentât le nombre de ses adeptes, mettre à la
disposition de tous les ressources dont quelques uns seulement
avaient pu profiter au prix des plus pénibles labeurs ; il fallait, en un
mot, livrer à la publicité la grammaire et le dictionnaire japonais.

Siebold, en apportant en Europe sa riche collection de livres, avait
exprimé le vœu qu'elle servit de base à de nouvelles investigations,
et il avait recommandé avec raison qu'elles fussent entreprises
tout spécialement sous les auspices des sinologues les plus expéri-
mentés.

La France, qui a tant fait pour la connaissance de la civilisation
chinoise, la France, à laquelle appartient un illustre sinologue que
l'Europe lui envie, ne pouvait être sourde à l'appel du voyageur
néerlandais. Grâce aux ressources nouvelles, aux conseils toujours
si utiles et si éclairés de M. Stanislas Julien, un élève de ce savant

maître s'appliqua à réunir, dans les ouvrages originaux mis géné-
reusement à sa disposition, les éléments d'un dictionnaire japonais ;
et, en analysant les textes indigènes avec ces premières ressources,
il essaya de composer une *Introduction à l'étude de la langue japonaise* expressément fondée sur l'étude de l'écriture indigène du
Nippon. L'accueil bienveillant que reçut cet essai publié dès
1856, encouragea l'auteur à s'engager plus avant dans la voie
qui venait d'être ouverte. Il reprit avec ardeur l'élaboration de
son *Dictionnaire*, et grâce à quelques secours inespérés, dus à l'explo-
ration de plusieurs grandes bibliothèques étrangères, il parvint à y
réunir près de quarante-cinq mille mots, tous notés avec les signes
qui leur sont affectés dans l'écriture idéographique, et pour la
plupart accompagnés d'utiles exemples. L'apparition de la *Grammaire japonaise*, composée par M. Donker-Curtius, commissaire
néerlandais à Dé-sima, et du *Dictionnaire japonais-russe* de
M. Gochkiévitch, contribuèrent peu après à corroborer l'exactitude
des résultats qu'il avait obtenus.

L'arrivée en Europe de l'ambassade du Taï-koun, signala à son
tour une ère de progrès dans les études japonaises. A la connaissance
de la langue des livres, on put ajouter la pratique du langage vul-
gaire. La prononciation et l'accentuation des mots, l'emploi des
locutions populaires et des idiotismes, les variations de dialectes, furent autant d'acquisitions nouvelles. Invité, par la bienveillance du
Ministère des affaires étrangères, à accompagner, aux frais de ce dé-
partement, l'ambassade japonaise en Hollande, en Prusse et en
Russie, j'ai été mis à même de profiter largement de ces précieuses

instructions Je me ferai un devoir et un plaisir, Messieurs, de vous communiquer successivement les nombreux faits philologiques que j'ai pu recueillir pendant les journées et les veilles que j'ai ainsi passées au milieu d'une petite population de quarante Japonais aussi aimables qu'éclairés.

Désormais les obstacles si nombreux qui se sont opposés à l'étude sérieuse de la langue japonaise parmi nous tendent à s'aplanir ; et, pour peu que quelques travailleurs intelligents s'adonnent avec zèle à l'exploitation de la mine neuve et riche qui s'ouvre devant eux, on pourra entrevoir, dans un avenir prochain, l'époque où les monuments de l'esprit japonais trouveront des interprètes autorisés dans les principales langues européennes [1]. Ce n'est pas que je veuille dissimuler les difficultés peu communes que nous rencontrerons encore sur notre route ; j'ai seulement le ferme espoir qu'avec votre concours assidu et sympathique nous parviendrons le plus souvent à les surmonter.

Mais quel sera, Messieurs, le prix de ce concours que je vous demande, et de quelle utilité sera pour vous la connaissance de la langue japonaise ? — Un exposé succinct du mouvement civilisateur au

---

[1] Le nombre des personnes qui sont en état de comprendre les textes japonais est jusqu'ici si peu considérable que l'Angleterre elle-même n'a pu fournir un interprète sérieux à l'ambassade de lord Elgin à Yédo. « La plupart des livres que je me procurai, dit M Olyphant, secrétaire de la légation, étaient écrits en japonais, en sorte qu'ils ne servaient pas à grand'chose, *puisque personne ne pouvait les lire.* » *La Chine et le Japon,* trad. de M. Guizot, t. II, p. 157.

Japon et de la littérature qui en est résultée, sera, je pense, la meilleure réponse que je puisse vous donner aujourd'hui.

II

On a souvent discuté sur l'origine des Japonais. Quelques savants ont pensé qu'on devait les considérer comme les aborigènes de l'archipel qu'ils habitent; d'autres ont cru leur découvrir une provenance continentale. Les partisans de cette dernière opinion s'appuyaient sur une légende chinoise, d'après laquelle le fameux empereur Tsin-chi Hoang-ti, l'incendiaire des livres, le persécuteur des lettrés et le constructeur de la Grande-Muraille, aurait envoyé aux îles de l'Extrême-Orient, pour y chercher le breuvage de l'immortalité, une troupe de jeunes gens des deux sexes qui s'y serait établie et aurait formé la première population du Japon. En supposant qu'on puisse accorder quelque valeur historique à cette singulière légende, il faut abandonner nécessairement la conclusion ethnographique qu'on en déduit, car l'émigration en question passe pour avoir quitté la Chine vers l'an 209 avant notre ère, tandis que les annales authentiques du Japon remontent au moins à quatre siècles plus haut [1].

---

[1] M. de Siebold va plus loin : il pense que les Japonais possédaient des connaissances chronologiques avant le règne de leur empereur Zin-mou, c'est-à-dire antérieurement à l'année 660 avant notre ère.

D'ailleurs, les traditions populaires des Japonais qui, lorsqu'il s'agit de leur propre pays, valent au moins les traditions des Chinois, s'accordent généralement à refuser aux insulaires du Nippon toute communauté d'origine avec les autres nations asiatiques. Elles persistent en outre à considérer l'archipel de l'Asie orientale comme le berceau de la race qui l'habite, sinon du genre humain tout entier. « Le Japon, dit un auteur indigène, est le pays le plus élevé du monde ; aussi n'a-t-il jamais été absolument submergé par les eaux. Seul il a donc pu fournir des migrations au continent, car la Chine et tout le reste de la terre a souffert d'un grand déluge qui a anéanti sa population. »

Les lettrés japonais ne recueillent, il est vrai, qu'en souriant les légendes cosmogoniques de ce genre qui sont accréditées dans certaines classes de leurs compatriotes, et ils inclinent à attribuer aux anciens habitants de leurs îles une provenance mongolique. Ils insistent néanmoins pour affirmer que l'autonomie de leur race est antérieure aux premiers événements de l'histoire écrite des peuples tartares, et soutiennent que le développement primitif de la civilisation s'est opéré chez eux à une époque où leur nationalité était définitivement constituée, et cela, en dehors de tout contact avec aucun autre peuple.

Cette opinion, que j'ai eu l'occasion de discuter et d'approfondir avec plusieurs lettrés d'une remarquable supériorité intellectuelle, paraît d'ailleurs être d'accord avec les données linguistiques les plus récentes sur les migrations du groupe ethnographique qu'on désigne assez vaguement sous le nom de *famille tartare* ; et je ne doute pas qu'une

comparaison minutieuse des idiomes de cette famille avec le japonais ne résolve définitivement le problème, au moins dans ses
traits fondamentaux, et ne projette la lumière sur l'histoire primitive et la filiation de ces tribus nombreuses et évidemment
sœurs qui existent côte à côte depuis les rivages du Bosphore jusqu'aux confins de l'extrême Orient. La philologie moderne a porté
avec succès son flambeau lumineux dans l'obscure dédale des origines sémitiques et indo-européennes : tout nous invite à penser
qu'elle obtiendra bientôt d'aussi utiles résultats en ce qui touche
au berceau des peuples tartares.

L'histoire est relativement très-moderne dans l'Asie septentrio-
nale : les monuments font défaut ; il reste une profonde incerti-
tude sur la part qu'a pris jadis à l'œuvre éternelle du progrès, cette
race nomade et belliqueuse qui, successivement conduite par les
Attila, les Gengiskhan, les Tamerlan, semble n'avoir eu d'autre
mission que de se tracer au cœur de l'ancien monde une voie sans
cesse souillée par le sang, à la lueur de continuels incendies. L'intelligence du japonais offre pour cette étude les plus précieuses
ressources. Elle signale de singulières affinités entre les idiomes
usités sur la plage byzantine et dans les îles de l'Asie orientale ;
dans toutes les contrées qui séparent ces limites extrêmes, des
procédés grammaticaux analogues et des ressemblances de vocabulaire, sinon fréquentes, du moins très-significatives par leur nature
et évidentes aux yeux de la plus sévère critique.

Il en est de même pour l'étude philologique de l'antiquité chinoise. La littérature du Japon nous a conservé de nombreux ves-

tiges du langage communément répandu en Chine lors des premières relations entre les deux pays. La prononciation archaïque des signes figuratifs du Céleste-Empire a été religieusement gardée, du moins en ce qui touche à ses caractères fondamentaux, et cela à l'aide d'une écriture phonétique et par conséquent susceptible de rendre d'une manière fixe et certaine les intonations de la voix. Les locutions inusitées ou vieillies chez les Chinois de nos jours, se retrouvent avec leur forme originale, et il n'y a pas jusqu'aux altérations de grammaire survenues avec le temps, qui n'aient laissé des traces au Japon pour nous apprendre comment l'on parlait sur le continent asiatique au siècle reculé de la dynastie des Han [1]. Ces témoins linguistiques des vieux âges acquièrent une immense portée, surtout quand on songe qu'ils ouvrent une voie sûre par laquelle l'érudition peut remonter à ce qu'on est convenu d'appeler *l'état primitif du langage*. Ils nous fournissent un acheminement, par la science positive, vers la connaissance de l'homme naissant à la civilisation, un rayon de clarté qui, pénétrant de part en part dans les profondeurs du passé, ravit à l'obscurité de plus de trente siècles accumulés des indices incontestables du berceau de nos origines.

Mais ce n'est pas seulement pour l'ethnographie et la linguistique que la connaissance du Japonais vient nous apporter des secours imprévus ; c'est aussi pour l'histoire et pour l'exégèse de l'une des plus curieuses religions qu'ait jamais enfanté l'esprit humain : *le Bouddhisme*.

---

[1] Cette dynastie commença en 202 avant notre ère.

Introduite en Chine au premier siècle de notre ère, la doctrine de
Çakya-Mouni gagna la presqu'île de Corée en 372, et de là fut introduite dans l'archipel japonais environ deux siècles plus tard.
Malgré le caractère essentiellement pacifique de ses préceptes et
l'enthousiasme surhumain qui animait ses propagateurs, elle éprouva
d'abord une vive opposition dans le Nippon. Les souverains de ce
pays qui, en qualité de descendants directs d'*Ama terazou oho-kami*
« le grand génie brillant au firmament », autrement dit « le soleil »,
réunissaient dans leur personne les pouvoirs civils et religieux, ne
voyaient pas sans déplaisir la prédication d'une religion étrangère
supplanter la religion nationale. Ils ne purent toutefois résister bien
longtemps au prestige qui accompagnait les missionnaires de la foi
nouvelle, et ils se décidèrent bientôt à l'embrasser eux-mêmes, sauf à
chercher ensuite, dans l'intérêt de la politique, les moyens d'en concilier les dogmes avec les préceptes de l'ancien culte de leurs pères.

A peine le bouddhisme fut-il introduit au Japon que de nombreux
bonzes indiens et chinois vinrent s'y établir, apportant avec eux les
livres sacrés de Çakya et les ouvrages qui pouvaient servir à leur
explication ou à leur développement. Sur tous les points de l'archipel on construisit des monastères, et, par une règle scrupuleuse-
ment observée, on rendit obligatoire dans chacun d'eux l'existence
d'une bibliothèque. Puis on composa une écriture assez semblable
au *landza* du Tibet pour reproduire les mots indiens dans les traductions qu'on s'empressa de publier pour faciliter au peuple l'intelligence des canons ecclésiastiques.

Le bouddhisme acquit bientôt un immense développement et produisit des exégètes habiles qui cherchèrent à en définir les principes et le but. De leurs discussions naquirent des sectes qui obtinrent de nombreux adhérents et qui pour la plupart consignèrent par écrit les motifs de leur dissidence. Quelques-unes atteignirent à une élévation philosophique peu commune ; et, tandis que, dans les classes populaires, on enseignait la lettre d'une religion dont l'esprit s'effaçait de jour en jour davantage, dans quelques cloîtres retirés, on basait cette même religion sur une métaphysique supérieure que l'Orient, s'il l'a atteinte, n'a jamais surpassée [1].

Vous le voyez, Messieurs, la connaissance du japonais offre pour l'étude du bouddhisme de précieuses ressources ; et, à part l'intérêt qu'il doit y avoir pour nous à connaître les écrits des sectes dont je viens de parler, on ne peut guère douter que dans les bibliothèques qui, comme je vous l'ai dit, existent dans tous les monastères du Japon, il n'ait été conservé quelques-uns des livres bouddhiques originaux que nous ne retrouvons plus ni dans l'Inde, ni en Chine, et qui sont vraisemblablement appelés à nous révéler le sens de plusieurs dogmes encore incompris de la doctrine de Çakya-Mouni.

Je ne vous parlerai pas des monuments littéraires de la Chine que les Japonais ont traduits et commentés, ni des grands travaux de philologie et de critique qu'ils ont entrepris sur les œuvres de Confucius et des autres moralistes ou philosophes du Céleste-Empire. Un simple aperçu de cette branche de la littérature japonaise m'en-

---

[1] Voy. Siebold, Archiv zur Beschreibung von Japan (Nippon).

traînerait au delà des limites que je me suis tracées, et retarderait l'explication des textes que j'ai hâte d'aborder avec vous. Il me suffira, pour atteindre à mon but, de vous dire quelques mots encore sur le développement de la littérature nationale du Japon et sur l'état actuel de la civilisation dans ce curieux empire de l'extrême Orient.

Peu de nations asiatiques possèdent une littérature originale aussi riche et aussi variée que les Japonais; aucune ne témoigne d'une activité pareille dans le développement de l'imprimerie et de la librairie. Chaque année, les presses de Myako, de Yédo, de Ohosaka, de Nagasaki, et de beaucoup d'autres villes moins importantes, mettent au jour de nouvelles éditions des anciens ouvrages estimés dans le pays, ou présentent de nouveaux écrits au jugement des diverses classes du public. Les insulaires du Nippon aiment la lecture avec passion; les dames surtout y consacrent la majeure partie de leurs loisirs. Ce goût est si enraciné dans toutes les classes de la population, qu'au dire du capitaine russe Golovnin, il n'y a pas jusqu'aux simples soldats qui, du matin au soir, ne lisent des livres dans leur guérite, en montant la garde !

La période primitive de la littérature japonaise est représentée par des recueils de poésies et de chants populaires composés, dans le vieux langage de *Yamato*. Cet idiome expressif et sonore des antiques habitants du Japon, a franchi les siècles sans s'altérer au contact des idiomes étrangers. Pur dans sa charmante simplicité, il se refuse à admettre en son sein les monosyllabes redondants de la langue chinoise, et nous conserve ainsi, dans toute sa fraîcheur, le verbe inaltéré des premiers âges. Des drames, généralement historiques et religieux, ont été composés plus tard en dialecte de Yamato ; et, de nos jours, c'est encore dans ce curieux dialecte que s'expriment les poëtes réunis à Myako, capitale de l'empire, pour animer de leurs chants la résidence du souverain-pontife.

De nombreux monuments historiques ont bientôt après vu le jour au Japon. Les plus importants d'entre eux ne nous sont guère connus que de titre. Parmi ceux qui sont parvenus en Europe, il en est cependant plusieurs auxquels il est impossible de refuser un véritable mérite littéraire. Il ne faudrait pas juger des historiens japonais par l'Aperçu historique du moine Ryoun-saï Rin-zyou, le seul écrit de ce genre qui ait été traduit jusqu'à présent. Cet ouvrage, qui n'est autre chose qu'une sorte de tableau chronologique de la succession des mikado, ne saurait donner une idée du style des véritables historiens tels que le *Nippon ki* et le **Daï-hcï-ki**, que je me propose d'étudier avec vous à la fin de ce semestre.

Aux amateurs de littérature plus légère, je pourrais mentionner une foule de romans dans tous les genres qui paraissent chaque année au Japon pour défrayer les loisirs des dames et des jeunes gens. Parmi ces romans, il en est qui, par leur composition, jouiraient sans doute d'un certain succès en Europe ; d'autres, au contraire ne pourraient intéresser qu'un petit nombre de littérateurs curieux de s'initier aux mœurs intimes et inconnues de l'une des nations les plus singulièrement organisées du monde. Je ne parlerai pas de ces romans *sans fin* que continuent plusieurs générations de romanciers et qui très-probablement n'obtiendraient pas à Paris la faveur avec laquelle on ne cesse d'accueillir leur publication périodique dans les principales villes du Japon [1].

Les traités géographiques, bien que nombreux dans la littérature qui nous occupe, ont peut-être pour nous un intérêt secondaire. Il faudra en excepter toutefois les anciennes relations des pèlerins bouddhistes, rares à la Chine, et qui, au dire de mon savant ami Saï-to Daï-no zin, se rencontrent assez facilement dans les bibliothèques de Myako, de Yédo, d'Ohosaka et de quelques autres grandes villes. Les personnes qui s'intéressent à la géographie particulière du Nippon, trouveront sans peine à se procurer des Manuels de topographie, composés avec une précision remarquable, et des routiers dans lesquels on n'a omis aucun renseignement de nature à intéresser les touristes qui parcourent le pays à petites journées.

De toutes les branches de la littérature japonaise, il n'en est peut-être aucune qui soit aussi richement représentée que l'histoire naturelle et la médecine. Il est incroyable combien les savants du pays ont composé de livres et de mémoires sur tout ce qui a trait de près ou de loin à ces deux grandes sciences. Chez un peuple essentiellement observateur, de tels écrits ne peuvent manquer de renfermer des faits nouveaux et inconnus parmi nous. Les plus importantes découvertes ne sont souvent que l'effet du hazard ; les recherches poursuivies d'après les méthodes les plus savantes n'aboutissent au

---

[1] Il serait intéressant de faire venir du Japon, l'histoire imaginaire de l'île de Si-kok réputée comme une des plus remarquables productions du genre qui nous occupe et qui a été publiée à Yédo par le fameux romancier Rioutei Ta-néhiko, sous le titre de *Foudé-no oumi Si-kok-no kiki-gaki*

contraire qu'à de minimes résultats. Les peuples sauvages n'ont aucune idée de pathologie; en revanche ils connaissent par tradition ou par expérience les propriétés d'une foule de végétaux et guérissent ainsi tout autant de malades que dans les pays où l'on possède des facultés et des académies de médecine. A plus forte raison doit-on s'attendre à trouver d'utiles inventions chez un peuple avancé qui a maintes fois prouvé combien il a reçu de riches qualités de la nature.

Au Japon, les sciences naturelles et médicales se montrent sous deux aspects également intéressants. D'un côté, c'est la vieille école qui ne se préoccupe guère que des vertus des plantes; de l'autre côté, c'est l'école nouvelle qui, imbue des principes de la physiologie humaine, et initiée aux progrès de notre thérapeutique, cherche à approprier aux méthodes usitées en Europe les faits d'observation acquis par les praticiens indigènes. De nombreux ouvrages font connaître chaque année les travaux des partisans de chacune de ces deux Ecoles.

Les sciences exactes paraissent avoir été l'objet de sérieuses études chez les Japonais. Les docteurs de l'ambassade du Taï-koun me répétaient souvent que leurs compatriotes ne nous étaient nullement inférieurs en fait de mathématiques; ils soutenaient même qu'en algèbre, ils avaient non-seulement simplifié plus d'un problème, mais qu'ils en avaient résolu qui nous embarrassaient encore. Je ne songe point à garantir la légitimité de ces prétentions : je crois seulement qu'elles méritent d'être examinées, d'abord parce qu'elles s'accordent avec ce que nous ont rapporté les voyageurs [1], ensuite parce qu'elles semblent confirmées par le curieux mémoire de M. Biernatzki [2], et par l'opinion de l'illustre Biot. Ce très-regrettable savant me disait naguère que divers ordres de faits l'engageaient à ne point repousser absolument les prétentions des Japonais en fait de mathématiques, et qu'il essaierait un jour de consigner les motifs de ses idées sur ce sujet. Quoiqu'il en soit, on ne peut refuser des connaissances scientifiques avancées à une nation qui a su traduire en sa langue les œuvres de Laplace [3], l'astronomie de Lalande [4], etc., etc.

Le style des ouvrages scientifiques japonais, des traités de botanique et de pharmacopée surtout, est d'ordinaire assez simple : il ne présentera pas longtemps de sérieuses difficultés aux personnes qui s'y adonneront spécialement, et il y a tout lieu de croire qu'elles seront bientôt récompensées du temps qu'elles auront consacré à son étude.

Je pourrais en dire autant des ouvrages relatifs aux sciences industrielles. Personne n'ignore que les Japonais ont atteint à une véritable supériorité dans certaines branches de l'art, entre autres dans la trempe des métaux, la fabrication des armes blanches, de la porcelaine et des meubles de laque, dans le tissage des étoffes de soie, etc. Bon nombre de procédés usités dans la papeterie, la

---

[1] Voy. notamment Bernhardi Vareni, *Descriptio regni Japoniæ*, p 77.

[2] Dans le *Journal für die reine und angewandte Mathematik*, von A.-L. Crelle. Berlin, 1856, in-4°.

[3] Suivant Jomard, de l'Institut.

[4] Suivant le capitaine de la marine russe Golovnin, qui demeura en captivité chez les Japonais pendant les années 1811, 1812 et 1813.

composition de l'encre, l'impression en couleur et la teinture, ne mériteraient pas moins d'attirer votre attention.

Mais il est temps de m'arrêter. Moi aussi je pourrais vous dire comme François-Xavier à Ignace de Loyola : « Je ne saurais en finir lorsque je parle des Japonais ; ils sont véritablement les délices de mon cœur. » Ceux d'entre vous qui persévéreront dans l'étude de leur langue, qui se trouveront en contact avec eux dans des conditions de bonne intelligence, repousseront les jugements injustes prononcés par les personnes qui les ont fréquentés sans pouvoir les entendre ni en être entendus. Ils répéteront certainement avec le père Froës : « que les Japonais, par la bonté, par l'honnêteté de leur nature, par l'excellence de leur esprit, l'emportent sur beaucoup de peuples de notre Europe. » Ils ajouteront enfin que ces insulaires possèdent des qualités intellectuelles qui depuis longtemps semblent assoupies chez les autres nations asiatiques.

« Deux siècles de paix, a dit le célèbre voyageur hollandais M. de Siebold, ont élevé la civilisation japonaise au-dessus de toutes les civilisations de l'ancien monde extra-européen. » Seul aujourd'hui, parmi tous les peuples de l'Orient, le peuple du Nippon, plein d'énergie et de vitalité, marche de son propre gré à pas rapides vers l'avenir ; seul, sans subir de pression étrangère, il cherche à s'initier aux grands progrès réalisés parmi nous ; seul, il travaille sans répugnance et sans relâche à s'assimiler à l'Europe. La pléthore de

sa population, les exigences d'une politique longtemps isolée du
reste du monde, l'embarras de concilier les vieux intérêts d'une
aristocratie féodale puissante et les intérêts nouveaux créés au sein
du pays depuis l'ouverture des relations commerciales avec l'Occi-
dent ; les préjugés religieux du peuple exploités par les grands et
mis en opposition avec le mouvement libéral qui se manifeste
déjà dans la classe instruite ; tous ces éléments divergents d'activité sociale contribuent à maintenir la nation japonaise sur un
sol mouvant et volcanique. On ne peut douter néanmoins que la
période qui se développe en ce moment, n'aboutisse aux plus
amples résultats. L'ambassade du Taï-koun, qui a étudié avec
une finesse d'appréciation et une perspicacité peu commune la
condition présente des états européens, remplira sans doute un rôle
considérable dans la transformation prochaine du Japon. Un des
membres de cette ambassade, peu de temps avant de quitter la
France pour la seconde fois, me disait : « Je ne puis plus dormir
maintenant, quand je songe combien il manque de libertés à ma
patrie ! » Il en était arrivé à cet état intellectuel qui ne cesse
de se fortifier, à l'heure des révolutions, chez les hommes appelés à participer aux destinées de leur pays. Il avait enraciné dans
son cœur, outre une foi ardente en des temps meilleurs, les germes
féconds d'une noble passion qui, aussi bien à Yédo qu'à Paris,
transforme les hommes en de grands citoyens.

Voilà, Messieurs, où en est le Japon. Les intérêts politiques et
commerciaux de l'Europe avec un peuple de cette trempe ne peuvent
que s'accroître rapidement de jour en jour. L'étude de la langue

japonaise devient donc, à des titres très-divers, d'une opportunité et d'un avenir également incontestables. Je ferai, soyez-en sûrs, tous mes efforts pour vous la rendre aussi simple et aussi agréable que possible.

PUBLICATIONS DE M. LÉON DE ROSNY

RELATIVES AU JAPON

QUI SE TROUVENT CHEZ LES MÊMES LIBRAIRES

INTRODUCTION A L'ÉTUDE DE LA LANGUE JAPONAISE. *Paris*, 1862; in-4°, avec sept planches . . . . 12 fr.

MANUEL DE LA LECTURE JAPONAISE, à l'usage des voyageurs et des personnes qui veulent s'occuper de l'étude du japonais. *Amsterdam*, 1859; in-12. 3 fr.

LE MÊME, traduit en hollandais. . . . . 4 fr.

MÉMOIRE SUR LA CHRONOLOGIE JAPONAISE, précédé d'un aperçu des temps antéhistoriques. *Paris*, 1857; in-8°, avec planche. . . . . 2 fr.

REMARQUES SUR QUELQUES DICTIONNAIRES JAPONAIS et sur la nature des explications qu'ils renferment, *Paris, Imprimerie impériale*, 1858; in-8°. 2 fr.

LA CIVILISATION JAPONAISE. Mémoire lu à la Société de géographie le 5 avril 1861. *Paris*, 1861; in-8°. . . . . 2 fr.

NOTICE ETHNOGRAPHIQUE DE L'ENCYCLOPÉDIE JAPONAISE *Wa-kan-san-saï-dzou-zé. Paris*, 1861; in-8°. . . . . 2 fr.

RAPPORT sur le Dictionnaire japonais-russe de M. Gochkiewtch. *Saint-Pétersbourg* (Extrait du *Bulletin de l'Académie impériale des sciences de Russie*.) 1861; in-8°. . . . . 50 c.

NOTICES SUR LES ILES DE L'ASIE ORIENTALE, extraites d'ouvrages chinois et japonais et traduites pour la première fois sur les textes originaux. *Paris, Imprimerie impériale*, 1861; in-8°. . . . . 2 fr.

RAPPORT A S. EXC. LE MINISTRE D'ÉTAT sur la composition d'un Dictionnaire japonais-anglais-français. Publié par autorisation de S. Exc. le ministre d'État. *Paris*, 1862; in-8° . . . . 2 fr.

L'EMPIRE JAPONAIS et les Archives de M. Siebold. *Paris, Imprimerie impériale*, 1862; in-8°. . . . . 2 fr.

RECUEIL DE TEXTES JAPONAIS à l'usage des personnes qui suivent le Cours de japonais professé à l'École impériale des langues orientales. *Paris*, 1863; in-8°. . . . . 9 fr.

Sous presse, pour paraître au mois de décembre prochain :

VOCABULAIRE SINICO-JAPONAIS, renfermant plus de 6,000 signes de l'écriture idéographique avec leur explication française et leur prononciation telle qu'elle est usitée au Japon. Un beau vol. in-8°.

En préparation :

MORCEAUX CHOISIS DE LITTÉRATURE JAPONAISE, traduits pour la première fois en français et accompagnés de nombreuses notes. Un vol. in-8°.

DIALOGUES JAPONAIS-FRANÇAIS, in-8°.

SÈVRES. — Imprimerie LEFÈVRE, Grande-Rue, 170.

PUBLICATIONS DE M. LÉON DE ROSNY

RELATIVES AU JAPON

QUI SE TROUVENT CHEZ LES MÊMES LIBRAIRES

INTRODUCTION A L'ÉTUDE DE LA LANGUE JAPONAISE. *Paris*, 1862; in-4°, avec sept planches . . . . 12 fr.

MANUEL DE LA LECTURE JAPONAISE, à l'usage des voyageurs et des personnes qui veulent s'occuper de l'étude du japonais. *Amsterdam*, 1859; in-12. 3 fr.

LE MÊME, traduit en hollandais. . . . . 4 fr.

MÉMOIRE SUR LA CHRONOLOGIE JAPONAISE, précédé d'un aperçu des temps antéhistoriques. *Paris*, 1857; in-8°, avec planche. . . . . . . 2 fr.

REMARQUES SUR QUELQUES DICTIONNAIRES JAPONAIS et sur la nature des explications qu'ils renferment, *Paris, Imprimerie impériale*, 1858; in-8°. 2 fr.

LA CIVILISATION JAPONAISE. Mémoire lu à la Société de géographie le 5 avril 1861. *Paris*, 1861; in-8°. . . . . 2 fr.

NOTICE ETHNOGRAPHIQUE DE L'ENCYCLOPÉDIE JAPONAISE *Wa-kan-san-saï-dzou-zé*. *Paris*, 1861; in-8°. . . . . 2 fr.

RAPPORT sur le Dictionnaire japonais-russe de M. Gochkiewtch. *Saint-Pétersbourg* (Extrait du *Bulletin de l'Académie impériale des sciences de Russie.*) 1861; in-8°. . . . . 50 c.

NOTICES SUR LES ÎLES DE L'ASIE ORIENTALE, extraites d'ouvrages chinois et japonais et traduites pour la première fois sur les textes originaux. *Paris, Imprimerie impériale*, 1861; in-8°. . . . . 2 fr.

RAPPORT A S. EXC. LE MINISTRE D'ÉTAT sur la composition d'un Dictionnaire japonais-anglais-français. Publié par autorisation de S. Exc. le ministre d'État. *Paris*, 1862; in-8°. . . . . 2 fr.

L'EMPIRE JAPONAIS et les Archives de M. Siebold. *Paris, Imprimerie impériale*, 1862; in-8°. . . . . 2 fr.

RECUEIL DE TEXTES JAPONAIS à l'usage des personnes qui suivent le Cours de japonais professé à l'Ecole impériale des langues orientales. *Paris*, 1863; in-8°. 9 fr.

Sous presse, pour paraître au mois de décembre prochain :

VOCABULAIRE SINICO-JAPONAIS, renfermant plus de 6,000 signes de l'écriture idéographique avec leur explication française et leur prononciation telle qu'elle est usitée au Japon. Un beau vol. in-8°.

En préparation :

MORCEAUX CHOISIS DE LITTÉRATURE JAPONAISE, traduits pour la première fois en français et accompagnés de nombreuses notes. Un vol. in-8°.

DIALOGUES JAPONAIS-FRANÇAIS, in-8°.

SÈVRES. — Imprimerie LEFÈVRE, Grande-Rue, 170.